ÉPITRE

à Jean-Jacques Lazowski, docteur-médecin

> La science doit être conforme à la vérité;
> mais la vérité n'est pas seulement dans la
> science, car les hommes sont raisonnables
> avant d'être savans, et ne sont pas toujours
> raisonnables autant qu'ils sont savans.
> Quelle est donc la différence entre la scien-
> ce et la vérité? c'est la méthode. La science
> n'est ou ne doit être en dernière analyse
> que la vérité méthodique.
>
> *De Rémusat sur la philosophie*
> *allemande.*

Ami, prête l'oreille aux accens de l'histoire :

« Tout siècle a su flétrir, déshonorer la gloire,

» Que son nom fut patrie ou sagesse ou vertu ! »

L'histoire te l'apprend, la démentiras-tu?

Regarde autour de toi, que vois-tu ? Le génie

En butte aux traits moqueurs que lui lance l'envie,

Le savant méprisé, l'homme juste proscrit,

La sottise qui hurle et veut juger l'esprit.

En vain l'humanité progresse dans sa route,

(En l'affirmant trop haut, on nous permet le doute),

L'homme avance toujours avec ses passions,

Ses préjugés honteux ou ses préventions,

Ses mesquins intérêts, ses basses flatteries,

Ses fausses amitiés, ses lâches coteries,

On le voit aujourd'hui ce qu'il fut autrefois ;

Si le monde a gardé ses éternelles lois,

L'homme suit son exemple, à la sienne fidèle,

Il marche sur les pas de son premier modèle ;

1848

Rien de plus, rien de moins, et cette vérité
Emprunte au cœur de tous sa triste autorité.
Dans le cercle mouvant où le temps nous entraîne,
Il sème la vengeance et récolte la haine ;
A Socrate il donna la coupe d'Anytus,
Des fers à Galilée, un poignard à Brutus !
Eh bien, laisse-le libre, élargis son entrave,
De respects trop pesans qu'il ne soit plus esclave,
Et tu verras tomber, au bruit de ses clameurs,
Les droits les plus sacrés avec le frein des mœurs.
Rien ne retenant plus l'élan de sa colère,
Il jettera sa bave au soleil qui l'éclaire,
Opposant aux rayons de cet astre éternel
Les clartés de sa lampe où bouillonne le fiel.
Ni trop haut ni trop bas, trop bas ? il te méprise,
Trop haut ? son œil jaloux, exprimant la surprise,
S'étonne que ton front, dépassant son niveau,
Ose lui révéler un prophète nouveau.
Alors il t'étendra sur son lit de Procuste ;
Que tu sois Miltiade, Aristide-le-Juste,
Ou l'émule en savoir du maître de Platon,
Il flétrira ta gloire, ou proscrira ton nom.
C'est que l'homme est ingrat, envieux et barbare,
Prodigue de mépris, il est toujours avare
Quand il faut aux vivans guerriers, doctes ou purs,
Donner quelques bravos, quelques lauriers obscurs ;
Oui, mais que la vertu, la science et la gloire
Meurent... l'homme prendra le burin de l'histoire.

Et le marbre pompeux qu'on destine aux tombeaux
Saura se revêtir des titres les plus beaux ;
Sans pudeur, les regrets y verseront des larmes ;
A l'éloge des morts l'homme trouve des charmes ;
Tous ceux qu'il bafoua dans son suprême orgueil,
Il les veut honorer quand ils sont au cercueil :
C'est que là, s'est éteint l'éclat de leur puissance
Et leur noble génie et leur mâle éloquence,
Et qu'ils ne peuvent plus avec autorité
Eblouir son regard, blesser sa vanité.
Debout, ils étaient grands, morts, ils sont à sa taille,
Quel besoin aurait-il de leur livrer bataille?
Il sait bien que le monde oubliera leurs vertus,
Que quelques jours plus tard on n'en parlera plus !
Il exagère tout, son amour et sa haine ;
Si toujours en fureur son courroux se déchaîne
Contre ceux dont les noms, promis à l'avenir,
Brillent d'un vif éclat avant que de mourir ;
Toujours avec excès sur leur tombe fermée,
Il vante leurs vertus, où bien leur renommée ;
La langue est impuissante à peindre sa douleur,
Leur mort est à ses yeux le comble du malheur !
Pourquoi donc lâchement déshonorer leur vie,
Et vivans les livrer aux serpens de l'envie,
Si plus tard les regrets, peut-être les remords,
Doivent sur leurs tombeaux glorifier les morts?
Mais l'homme est ainsi fait, il subit sa nature :
Ne va pas demander au fils de l'imposture

A l'esclave avili qui hait la liberté,

Les respects et l'amour dûs à la vérité ;

Il ne t'entendrait pas ; tout ce qu'ont fait ses pères,

Il le fait aujourd'hui quand ses sourdes colères,

Son orgueil de démon, si prompt à blasphémer,

Frappent aveuglément ce qu'il devrait aimer.

Ne t'étonne donc plus de ces haines vivaces

Dont l'œil suit en tous lieux les douloureuses traces,

Je te l'ai déjà dit : ni trop bas, ni trop haut,

Le savoir est un crime et l'esprit un défaut.

Heureuse est l'ignorance, et quant à la sottise

On s'en fait un hochet, ou bien on la méprise ;

Mais pour avoir la paix, posséder des vertus,

Il faut marcher toujours dans les sentiers battus,

Ne pas se fourvoyer dans des routes sublimes,

Ne pas vouloir gravir jusqu'aux plus hautes cîmes,

Celui qui l'ose faire est un audacieux,

Un novateur coupable, un vil ambitieux !

Malheur à qui le ciel départit le génie !

Le mensonge effronté, l'impure calomnie

Feront siffler sur lui leurs monstrueux serpens ;

Dans l'ombre on dressera d'infâmes guet-apens ;

On lui deniera tout, l'esprit, le cœur et l'âme,

De ses douces vertus on éteindra la flamme,

Riche, on dira tout bas : c'est un déprédateur ;

Pauvre, on le donnera pour un calculateur.

Vainement voudra-t-il confier sa défense

A ceux que fait rougir une telle démence

Les clameurs des méchans étoufferont leur voix ;

Il ne peut se soustraire au fardeau de sa croix,

Il faut qu'il s'accoutume aux pointes du cilice,

Qu'il boive chaque jour le fiel de son calice,

Qu'il marche les pieds nus dans ces âpres chemins,

Qu'a suivis, que suivra l'élite des humains ;

Qu'il oppose partout à la honte, à l'outrage,

Les dédains, les mépris, le plus ferme courage,

Et qu'il se dise alors : « d'autres plus grands que toi

» Ont dû courber leurs fronts sous cette dure loi,

» Pourquoi donc t'étonner que des mains clandestines

» Aient posé sur le tien leur couronne d'épines ?

» Ton crime était de ceux qu'on ne peut oublier,

» Au carcan des douleurs on devait te lier ! »

Mais s'il en est ainsi, si contre le génie

S'arment presque toujours la sombre calomnie,

Les viles passions, l'orgueil ou l'intérêt,

Si contre lui, les sots prononcent leur arrêt,

Pourquoi retrouve-t-on cette haine farouche,

Dans l'âme, dans le cœur, et jusque dans la bouche,

De ceux dont le savoir, le génie ou l'esprit

Ont buriné les noms sur des blocs de granit ?

Bien loin de se liguer contre la basse intrigue,

D'opposer l'union aux fureurs de la brigue,

On les voit sans respect et sans nulle pudeur,

Se disputer entre eux la force ou la grandeur :

Aussitôt que sortant des routes trop connues,

L'un prenant son essor s'élance vers les nues,

Ou que plongeant son œil dans l'abîme entr'ouvert,
L'autre trouve un filon qu'ils n'ont pas découvert,
Loin de suivre la voix qui d'en haut les appelle,
Ou de battre des mains à la gloire nouvelle,
Ils disent au premier : « Icare infortuné !
« A périr dans les flots nous t'avons condamné ;
« Au second : avant toi l'œil de notre science,
« Avait de ce filon constaté l'existence,
» Tu n'es donc qu'un rêveur dont l'esprit de travers
« Voudrait à nos dépens enrichir l'univers,
» Ou plutôt le tromper, car, l'or de cette veine,
» Nous l'avons essayé, mais espérance vaine !
» Il était au-dessous et du titre et du poids,
« Et nous l'avons proscrit comme contraire aux lois. »
Oh ! mon Dieu, je t'entends, tu dis que j'exagère,
Que ma plume trop libre écrit à la légère,
Ou bien que mon esprit misanthrope ou pervers,
Trahit toute justice en me dictant ces vers ;
Ecoute ; je comprends ta sage réticence,
Tu ne veux pas qu'on jette au vent de la licence
Les respects que l'on doit aux grands hommes du jour
Dont tu crois quelques-uns dignes de ton amour;
Le bruit de leurs vertus, de leur parole austère,
Les éloges donnés à leur beau caractère
Ont séduit ta raison et captivé ton cœur,
Mais je veux aujourd'hui dissiper ton erreur.
Et pour mieux triompher dans cette œuvre hardie,
Que, peut-être en secret, tu traites d'étourdie,

Je vais te mettre en scène, et, causant avec toi,
T'amener sans retard à penser comme moi.
Je suis présomptueux, il faut le reconnaître,
Mais en prenant ici la férule du maître,
Je sais que le disciple, écoutant ma leçon,
Dira : Je me trompais, le maître avait raison !
Causons paisiblement, loin de nous la colère,
Des esprits sérieux gardons le caractère,
Et si je te blessais par ma sincérité,
Ne t'en prends pas à moi, mais à la vérité.

A peine des leçons dont on nourrit l'enfance,
Eus-tu sucé le lait et franchi la distance
Qu'il fallait parcourir pour être homme, et marcher
Vers ce monde inconnu, qu'il nous faut tous chercher;
Que laissant loin de toi les plaisirs de ton âge,
Tu tournas tes regards vers ce riche apanage
Que promet la science à tout cœur amoureux
De sa beauté si noble et de ses dons heureux.
Sniadecki vers le ciel et sa vaste harmonie
Curieux t'emporta sur les pas du génie,
Et Jupiter et Mars, et Saturne et Vénus,
Vesta, Junon, Cérès, Pallas puis Uranus,
Mercure tout brûlant des feux dont il s'embrâse,
Excitèrent en toi le triomphe et l'extase;
Mais las d'abstractions et de calculs sans fin
Un beau jour tu coupas l'aile du séraphin;

Et tu redescendis vers ce monde tangible,
Moins brillant, il est vrai, mais plus intelligible.
La science est multiple, et par d'autres chemins
Elle guida tes pas en te tendant les mains :
Par ses doctes leçons Frank séduisit ton âme,
Et tu voulus connaître, approfondir la trame
Dont le grand architecte a formé notre corps ;
Il te tardait de voir ses merveilleux ressorts ;
Tu pensais que ton œil plongeant au fond de l'être,
Dissiperait un jour cet éternel peut-être,
Ce doute qui s'assied depuis quatre mille ans,
Aux portes de ce temple aux secrets mouvemens.
Frank te fit pénétrer dans plus d'un labyrinthe,
(Ton orgueil se flattait d'aller jusqu'à Corinthe)
Et ton scalpel en main tu marchais près de lui.
Là même où pour ses yeux la lumière avait lui.
Lorsqu'au bruit de ses fers que brisait ta patrie,
Au cri sublime et fort d'une mère chérie
Qu'insultaient lâchement de barbares soldats,
Tu posas sur ton front le casque des combats,
Et laissant la science et ses tranquilles charmes,
Tu courus, te mêlant au dur fracas des armes,
Repousser l'ennemi des champs d'Oszmiana,
Et le frapper d'effroi sous les murs de Wilna.
Mais par la trahison la Pologne vaincue,
Retomba de nouveau sous la main qui la tue,
Et ses enfans proscrits par le terrible czar
S'exilèrent des lieux qu'ensanglantait son char ;

Ils vinrent demander au beau pays de France,

Un asile et du pain ; tu choisis la Provence,

Terre à qui le soleil prodigue ses faveurs,

Jardin délicieux plein de fruits et de fleurs.

Mais tu ne voulus pas au sein de ta misère

Végéter sous le poids d'une aumône étrangère,

Ni consumer tes jours dans une oisiveté

Qui fit rougir ton âme, et blessât ta fierté ;

Alors tu demandas au travail, à l'étude

Non l'oubli de ta mère et de sa servitude,

Non l'oubli des beaux lieux où tu reçus le jour

Ni celui des objets de ton premier amour,

Mais bien l'oubli des maux que loin de sa patrie

Éprouve un noble cœur dans sa mélancolie.

Et bientôt progressant de succès en succès,

Piloté par Delpech, par Lordat et Dugès,

Hommes forts qui portaient avec eux la lumière,

Et te montraient du doigt le bout de la carrière,

Tu franchis les écueils qui menaçaient ta nef

Et du bonnet fameux tu pus couvrir ton chef.

Tu dois te souvenir de cette heure suprême,

Qui te rendit si fier, si content de toi-même,

Où muni du diplôme attestant ton savoir

Au rang des Galien tu vins enfin t'asseoir.

Mais avant le grand jour où dans la vaste salle

Tu soutins contre tous ta thèse inaugurale,

De tous les sages morts et des sages nouveaux

Tu dûs connaître à fond les pénibles travaux ;

Scruter l'un après l'autre et tel, et tel système,
Et de tous leurs écrits te composant un thème,
Comme l'abeille aux fleurs demandant son nectar
Tu ravis leur trésor aux grands maîtres de l'art.
Mais en glanant ainsi dans leur riche héritage
Sans t'en apercevoir tu leur rendis hommage ;
Et ton esprit docile à leurs enseignements
Partagea leurs erreurs et leurs dissentiments.
Ce n'est pas tout : nourri de la vieille science,
Il fallut te courber sous la dure exigence
De ceux qui revêtus de leur autorité
Disaient posséder seuls l'auguste vérité ;
Et quand tes professeurs, dogmatisant en chaire,
Te donnaient de leurs cours le profond commentaire,
Chacun d'eux, flagellant ses collègues en us,
A ses mépris pour eux te fit faire chorus.
De telle sorte, ami, qu'au sortir de l'école
Tu t'étais mis aux pieds de mainte et mainte idole,
Promettant à chacune une fidélité
Qui devait enchaîner ta fière liberté.
Enfin, tu secouas la poudre académique,
Et, posant parmi nous ta tente céramique,
Tu voulus nous guérir dans tes premiers essais,
En marchant sur les pas de l'illustre Broussais.
Trop fidèle aux leçons du docte aréopage,
Notre sang macula ton livre page à page ;
Ta lancette à la main tu frappas ferme et fort,
Par elle tu croyais nous ravir à la mort :

Au rhume, une saignée, une saignée encore
A ce mal du gaster qui brule et qui dévore,
Dans la phtisie, hélas ! tu saignais jusqu'au blanc,
Et tes mains, chaque jour étaient rouges de sang.
Mais tu joignais encore à l'art phlébotomique,
Le mielleux arsenal de l'anti-phlogistique,
Gommes, pâtes, sirops, tisanes pectoraux :
Puis, laissant de côté tous les sucs végétaux,
Dont tu sais mieux que nous la débile influence
Ou plutôt le danger par excès d'indulgence ;
Il nous fallut subir les terribles moxas ;
L'affreuse cantharide attachée à nos bras,
Reçut pour complément la gluante sangsue,
Celle-ci, maint poison qui tôt ou tard nous tue ;
Et puis le synapisme, avant-coureur fatal,
De l'instant où la mort vient emporter le mal.
Et quand la maladie avait bravé tes armes,
Qu'autour de notre couche on répandait des larmes,
Tu te croisais les bras, cherchant dans ton cerveau
Pour la combattre encore un remède nouveau.
Mais comment le trouver ? ta science épuisée
Avait lancé dans l'air sa dernière fusée ;
La lumière avait fui sous ton vague regard ;
Et te prenant alors à douter de ton art,
Tu ne trouvais en toi qu'un éternel peut-être,
Qui frappait de mépris la parole du maître ;
Et palpant de tes mains la sombre obscurité,
Tu disais : là n'est pas toute la vérité !

Il te fallait pourtant dans l'ornière commune
Faire surgir ton nom, atteindre à la fortune,
Et triste, tu repris ton pénible chemin,
En pensant : tel il est, tel il sera demain !
Si du moins dans ce cercle inscrit par la science,
Où s'agitait alors ta noble intelligence,
Où tant d'autres tournaient, et tournaient comme toi
L'accord universel eût remplacé la foi,
Si l'on s'était aimé d'une amitié sincère,
Si le frère, en marchant eût soutenu son frère,
Si le docte vieillard blanchi sous les harnais
T'eût prêté son appui que tu lui demandais,
Et si guidant tes pas dans sa route battue
Il eût rendu la force à ton âme abattue,
Moins de tristesse amère aurait navré ton cœur ;
Et vivant comme tous d'une commune erreur
Tu n'aurais plus gémi de voir que la science,
Allât si peu de pair avec l'expérience ;
Mais hélas ! tu le sais, ton espoir fut trompé ;
De miasmes impurs tu fus enveloppé ;
Tu vis la médisance et l'acre calomnie
Distiller leurs poisons par les mains de l'envie,
Et ceux que tu croyais devoir se secourir,
S'estimer ou s'aimer, tu les vis se haïr.
De cette haine sourde, implacable et perfide,
Qui redoute le fort et frappe le timide,
Et qui va dans la nuit, par d'obliques chemins,
Enfoncer le poignard qu'ont aiguisé ses mains,

Sur toi-même, sur toi s'exerça leur furie :
Sur toi, fils de l'exil, banni de ta patrie,
Qu'aurait dû protéger la gloire du malheur,
Retombèrent les coups de leur lâche frayeur.
Ils avaient peur de toi, comme auraient peur d'une ombre,
S'asseyant au festin pour augmenter leur nombre,
Des convives joyeux qui sous l'œil du plaisir
Osent la coupe pleine escompter l'avenir ;
Mais tu sus mépriser leur jalouse injustice,
Et mettre au pilori leur sordide avarice,
Debout sous le soleil qu'ils voulaient te cacher,
On te connut bientôt, et l'on vint te chercher.
Mais tu portais en toi cette pensée amère,
Que ton art si profond n'était qu'une chimère.
A l'aspect de ces maux qu'il te fallait guérir
Avant que l'art lui-même eut sû les définir.
Car tu marchais toujours dans ce dédale immense,
Qu'avait bâti la main de la vieille science ;
En vain tu le sentais crouler de toutes parts,
Seul il était debout et frappait tes regards.
Sur ses murs tout chargés du lierre des années,
Sur ses plus hautes tours à tomber condamnées,
Tu lisais de grands noms dont l'imposant aspect,
Malgré toi dans ton âme imprimait le respect.
Le temps avait passé sans pouvoir les détruire,
Chaque siècle avait pu les bénir, les maudire,
Ils étaient toujours là, reliant l'avenir
Aux titres glorieux de leur vieux souvenir.

Tout-à-coup, une voix sonore, accusatrice,
Tonna comme la foudre au front de l'édifice
Parcourut d'un seul bond tous ses sombres détours
En secouant ses murs et ses gothiques tours ;
Le monument trembla sur sa base immobile ;
Mais quels cris furibonds, quels flots brûlants de bile,
Jaillirent de concert contre le novateur !
Pour étouffer sa voix chacun se fit acteur :
Et des flancs crevassés de l'édifice informe
Sortit plus d'un pygmée, et plus d'un nain difforme
Tout prêt, dans son orgueil risible, extravagant:
A braver le colosse, à lui geter le gant.
Oh ! pitié !..... le géant fit un pas.... et la foule
De ses viles ennemis, comme le flot qui roule
Après avoir battu l'inflexible rocher,
Recula devant lui sans oser le toucher.
Alors on l'abreuva d'horribles calomnies,
On traîna son nom pur au fond des Gémonies,
L'insulte, les mépris l'atteignirent au front ;
Il but soir et matin la coupe de l'affront ;
Ne crois pas, cependant qu'une foule vulgaire,
Fut seule à le braver, à lui faire la guerre,
Ni que d'obscurs soldats sans gloire et sans valeur
Aient seuls levé la main sur le réformateur :
Non, non,... c'est de plus haut, que descendit l'outrage
C'est du sommet du temple ébranlé par l'orage,
De ce temple où siégeait un stupide pouvoir,
Que la voix des vieux chefs, des princes du savoir

(Devant qui toute gloire ou succombe ou s'expie)
Fit tomber ses fureurs sur le front de l'impie,
De celui qui venait, émule de Colomb
De découvrir un monde au splendide horison !
Mais lui, comme un soldat qui veille sous ses armes,
Essuyant de ses yeux quelques furtives larmes,
Debout, sans sourciller, sans trembler ou pâlir,
Écrasa du regard qui voulait l'avilir.
Le dédain se crispa sur sa lèvre moqueuse,
En voyant de si haut cette race visqueuse,
Barbottant, coassant dans des marais fangeux,
Et poussant son esquif sur ces flots orageux,
Où grondaient contre lui tant de haines funèbres,
Il lança son flambeau dans le sein des ténèbres.
En disant, plein d'espoir d'atteindre enfin le but :
Que la lumière soit !..... et la lumière fut !!.
On fit tout pour l'éteindre, et plus d'une couleuvre,
En sifflant, se dressa pour déchirer son œuvre ;
Mais l'œuvre était de bronze et de platine et d'or !
Elle brise aujourd'hui toute dent qui la mord ;
Elle grandit toujours plus belle, plus sublime,
Chaque jour l'ouvrier lui donne un coup de lime,
Il aime à la polir, et son œil paternel
Contemple avec orgueil cet enfant immortel.
Mais l'œuvre aurait manqué de force et d'harmonie,
Si la science seule eut compris son génie,
Il fallait que le peuple admirât sa beauté
Et pût s'approcher d'elle en toute liberté ;

Et l'œuvre est descendue au niveau de la foule,
Elle s'est faite peuple ; et tandisqu'on la foule
Au pressoir de la loi, se frayant son chemin,
A tout homme qui souffre elle donne la main ;
Elle guérit ses maux en plaignant sa misère,
C'est pour la charité que l'à faite son père ;
Mais quant aux myrmidons, c'est un épouvantail
Qui leur jette en passant le beau nom de Raspail.
Ah ! s'il l'avait lancée ainsi qu'une œuvre morte,
Sur l'océan du monde où chaque vague forte
Submerge tour à tour et brise en sa fureur
Le sublime où le vrai, le mensonge ou l'erreur ;
Ou bien, si rougissant qu'elle lui dût la vie,
Il n'eût pas de son nom, trop connu de l'envie,
Signé l'acte formel de sa paternité ;
Si Raspail eut eu peur de la publicité,
L'œuvre aurait eu le sort des œuvres anonymes,
Dont on met à l'écart les titres légitimes,
Qu'on frappe d'un veto sans appel ni merci,
Et qu'on laisse tomber dans un profond oubli.
Mais Raspail l'a signée en l'appelant sa fille,
Et la marquant au front de sa large estampille,
Il lui donne le bras par tous les carrefours.
Pour la faire admirer dans ses simples atours !
Voilà son crime !... alors la bande académique
Hurlant à plein gosier dans sa rage endémique
Devant les tribunaux demande au novateur
Ses titres de savant, son brevet de docteur.

(Et! que peut-on savoir sans l'auguste diplôme!
Lui seul donne le droit de se dire un grand homme!)
Et lui, comme Sophocle au milieu du sénat,
Lit son œuvre immortelle, et se fait avocat,
Il saisit dans ses mains l'équivoque science
De ces hommes pétris de fiel et d'arrogance,
Et leur montre sans peine, au milieu des bravos,
Qu'ils n'ont rien fait qui vaille au prix de ses travaux.
La loi peut le punir, qu'importe! si la honte
Qu'on lui veut infliger, le laisse, et puis remonte
S'attacher droit au front de ses accusateurs,
Et la honte a flétri ses calomniateurs !
C'est que Raspail est grand de cœur et de génie ;
Mais s'il devait subir la triste calomnie
De ceux dont il brisait le fleuron triomphal,
En frappant du marteau leur trône magistral,
Pourquoi toujours épris d'une gloire menteuse,
Pourquoi le peuple a-t-il dans sa haine envieuse
Outragé, méconnu le grand réformateur
Qui ne venait à lui que comme un bienfaiteur ?
C'est que le peuple, est peuple, et que nobles ou traîtres
Tout en les méprisant il imite ses maîtres ;
Il a donc fait comme eux : mais que meure Raspail,
Que la mort scelle un jour son merveilleux travail,
Les maîtres chanteront les talents du grand homme
Et le peuple pleurant celui qu'à peine il nomme,
Maudissant les ingrats et leur stupide orgueil,
Sur ses bras tatoués portera son cercueil !

Est-ce à dire pourtant que ni peuple ni maître
N'ait écouté la voix qu'on feint de méconnaître,
Et crois-tu, qu'en secret de peur de trop rougir,
On n'ait point admiré ce qu'on voudrait flétrir ?
Oh ! désabuse-toi, plus d'un docteur farouche,
Dont le nom de Raspail déchirerait la bouche,
Et plus d'un bon bourgeois qui craint la faculté,
Ont cherché dans son livre et trouvé la santé.
Mais laissons tout cela, poursuivons notre thèse ;
Je n'ai pas, dieu merci, besoin d'une hypothèse
Pour te la démontrer ; et tu sais comme moi,
Que le vrai doit toujours avoir force de loi.
Eh ! bien, je fais appel à ton expérience :
L'expérience, ami, c'est l'amère science,
Que tout homme ici bas garde au fond de son cœur,
Après l'avoir cueillie à l'arbre du malheur.
Dégouté des leçons d'une école insensée
Qui pour guérir le corps dédaigne la pensée,
Qui s'occupe fort peu du pourquoi, du comment?
Et pour qui la routine est plus qu'un argument ;
Honteux d'une pratique impuissante et cruelle
Qui répugne à l'instinct, que la raison harcèle,
Et qui tournant toujours dans un cercle assassin
A fait presque un bourreau de chaque médecin,
Ton œil se dirigea vers ce phare immobile,
Que venait d'allumer une main forte, habile,
Pour éclairer enfin de ses rayons puissants
Le mystère incompris de l'esprit et des sens.

Sa lumière était belle, étincelante et pure,
Tu la pris pour sonder l'insondable nature,
Et jetant loin de toi ton gothique fardeau,
Tu marchas libre et fier dans un chemin nouveau.
Arborant de Raspail la proscrite bannière,
Tu portas dans ta main sa sublime lumière,
Et tu la fis briller sans regrets et sans peur,
Partout où t'appela le cri de la douleur.
Sans torturer le corps tu guéris sa blessure.
Ton coup d'œil était prompt, ta parole était sûre,
Et bien souvent celui qu'on avait condamné,
Qu'au tombeau la science avait prédestiné,
Pour qui l'art avait dit son dernier mot sans doute,
Et qui flottait hélas ! de l'espérance au doute,
Retrouva tout-à-coup et par enchantement
D'un bien être certain le profond sentiment.
Eh bien ! là l'attendait la basse jalousie :
Ta foi, ta grande foi fut une apostasie
Qu'il fallait dénoncer et flétrir sans pitié :
On irrita des sots l'ardente inimitié ;
On se donna la main pour briser ta carrière :
Mais quelle audace aussi d'apporter la lumière
Dans l'antre ténébreux où leur fétiche dort,
Entouré d'ossements et de têtes de mort !..
Semblable au vieux savant dont l'esprit taciturne
Veille aux pâles clartés de sa lampe nocturne,
Mais qui pour explorer d'invisibles détours
D'une torche enflammée emprunte le secours,

Et voit, quand sa lumière inonde l'édifice
Fuir des chauve-souris l'infernale milice,
Les entend se heurter aux murs de leur tombeau
Essayant dans leur vol d'éteindre son flambeau ;
Tu vis autour de toi s'agiter la cohue
De cent petits docteurs à faible et courte vue,
Quand Raspail à la main tu secouas sur eux,
Les splendides rayons de ses magiques feux !
Leur haine s'irrita de ta suprême audace,
Et lorsque nul n'osait te regarder en face
Se plongeant de nouveau dans leur obscurité
Ils se liguèrent tous contre la vérité !
Ils sûrent employer le sarcasme et l'outrage,
La pitié, les mépris, les accents de la rage,
Jusques aux quolibets que répètent les sots,
Qui se font un trésor de prétendus bons mots :
Ils allèrent aussi jusqu'à la calomnie ;
A t'arracher ton pain s'exerça leur génie,
Et ces docteurs poussifs, eunuques du sérail
T'étendirent vivant sur la croix de Raspail !
Quoi donc ! s'écriaient-ils dans leur pâle colère,
Souffrirons-nous jamais ce mélange adultère,
Ce nouveau dieu qui vient braver les immortels
Et dont le bras voudrait renverser leurs autels !
Mais si nous le faisons, que devient la science?
Rejetant les leçons de notre expérience,
Il nous faudra subir après tant de travaux
Le pénible alphabet des préceptes nouveaux ;

Revenir à l'école, étudier encore,

Quand nous sommes docteurs, qu'un titre nour décore

Et qu'un diplôme en règle en proclamant nos droits,

Nous a faits du savoir les prêtres et les rois!

Anathème a Raspail! que son œuvre périsse!

Infligeons au disciple un terrible supplice,

Ou qu'il meure de faim, ou qu'il revienne à nous!

Il faut pour l'écraser multiplier nos coups,

Il faut parmi le peuple exciter des alarmes,

Sur ses maux à venir répandre quelques larmes,

Et lui dire tout bas, pour sauver notre honneur,

Que ce fils de Raspail est un empoisonneur!

Que nul de nous, amis, ne tremble et ne recule :

Il nous faut l'accabler des traits du ridicule,

L'affubler chaque jour d'un sobriquet nouveau,

Que répète la ville ainsi que le hameau.

Flagellons sans pitié l'homme à l'eau sédative,

Qu'en tout temps, en tous lieux il n'ait pour perspect

Que le pain d'amertume et la coupe de fiel ;

A moins que revenant au giron maternel

Il ne fasse à genoux une amende honorable

A notre faculté, matrone vénérable,

Que ce maudit Raspail, sans brevet de docteur,

Soufflète à tour de bras de toute sa hauteur!

Ils l'ont dit, ils l'ont fait, et dans leur haine arden

Ajoutant une spirale au vieil enfer du Dante,

Ils ont partout semé les basses trahisons,

Distillé de leurs mains les plus âcres poisons,

Traîné ton nom si pur dans cette horrible fange
Qui souillerait le front et la robe d'un ange ;
Fange infâme, promise à tout ce qui paraît
Noble, saint, grand, sublime ou digne d'intérêt.
Que veux-tu ?.... c'est la loi qui gouverne le monde,
Toujours il usera de cette fange immonde,
Il la garde pour ceux qu'il devrait admirer,
Il la jette au flambeau qui vient pour l'éclairer,
Au génie, à la gloire, aux grandeurs de la terre ;
Rien n'est sacré pour lui, son aveugle colère
Proscrit l'esprit, le cœur, les talents, la vertu ;
L'histoire te l'apprend, la démentiras-tu ?
Qu'avait fait Aristide à ce peuple d'Athène
Qui s'arma contre lui des fureurs de sa haine ?
On l'appelait le juste, et ce nom mérité
Avait blessé le peuple et l'avait irrité !
Console-toi, pourtant ; il est des âmes pures
Qui savent se garder de toutes ces souillures,
Qui gémissent de voir courbés sous les mépris,
Ceux qu'on devrait bénir s'ils étaient mieux compris.
Enfin, il en est une, et tu dois la connaître,
Qui pleurant les malheurs de ton illustre maître,
T'a parfois soutenu dans ton rude chemin
En te disant : courage ! il est un lendemain
  Pour ceux qui comme toi poursuivis par l'envie,
  Trouvent pleine de fiel la coupe de la vie ;
  Et marchant côte à côte avec la pauvreté.
  Meurent comme un martyr meurt pour la vérité.

» Ami, ce lendemain vient quand l'homme succombe :
» Quand sur son front glacé le marbre de la tombe,
» Pèse de tout son poids ; un germe glorieux
» Soulève du cercueil le couvercle odieux.,
» Perce la froide argile et l'insensible pierre
» Sur laquelle se joue un rayon de lumière,
» Aspire du soleil les regards bienfaisants
» Ouvre son beau calice aux caresses des vents,
» Puis grandit tout-à-coup dans la funèbre enceinte
» Où gémit la douleur, où s'exhale la plainte,
» Et bientôt un arbuste aux splendides rameaux,
» Remplit de ses parfums la ville des tombeaux.
» Alors le monde accourt frémissant d'allégresse
» Pour respirer ces fleurs qui lui versent l'ivresse ;
» Il s'étonne, il admire, et puis battant des mains,
» Il les sème en chantant par ses mille chemins.
» L'arbuste, c'est le nom, les parfums sont la gloire,
» De tous ceux qu'à grand bruit revendique l'histoire,
» Que le monde insulta, proscrivit tour-à-tour,
» Et qui morts sont l'objet de son tardif amour.
» Mais qu'importe ! travaille, accomplis sans relâche
» Ta sainte mission, la noble et grande tâche,
» Méprise le présent et songe à l'avenir,
» Le présent, selon moi, ne vaut pas un soupir ! »
Et ton âme écoutait ce que disait cette âme,
Qui pour la vérité d'un saint amour s'enflamme,
Et qui croit fermement que l'œuvre que tu fais,
Malgré ses ennemis, ne périra jamais :

Alors ton œil éteint retrouvait son audace,
Et tressaillant d'orgueil sous ta forte cuirasse,
Tu marchais le front haut, en assurant tes pas
Dans l'arène poudreuse où grondent les combats.
Hier, demain, toujours, il faut lutter pour vaincre ;
De cette vérité j'ai voulu te convaincre ;
Mais si pour elle en vain ma plume a combattu,
L'histoire te l'apprend, la démentiras-tu ?

Saintes, imp. de Lacroix.